Anne Steinwart

Hotte und das Unzelfunzel

Mit Bildern von Fides Friedeberg

Hase und Igel®

Für Lehrkräfte gibt es zu diesem Buch
ausführliches Begleitmaterial beim Hase und Igel Verlag.

Dieses Buch erschien erstmals 1994 im Loewe Verlag, Bindlach,
und 2004 im Hase und Igel Verlag.
Die vorliegende Schulausgabe wurde neu illustriert.

www.hase-und-igel.de
Druck: Himmer AG, Augsburg

Kartonierte Ausgabe:
ISBN 978-3-86760-024-8 (6. Auflage 2014)
Gebundene Ausgabe:
ISBN 978-3-86760-609-7 (5. Auflage 2014)

Hotte ist noch müde.
Hundemüde!
Aber er muss jetzt aufstehen.
Sonst wird Mama gefährlich.
Sie hat ihn
schon dreimal geweckt.

Er schlurft ins Badezimmer
und muffelt vor sich hin.
Um acht Uhr muss er
in der Schule sein.
Jeden Morgen!
Nur am Wochenende nicht!

Fünfmal in der Woche
kann Hotte nicht ausschlafen.
Das ist immer wieder schrecklich.
Heute ist es besonders schlimm.
Heute ist Montag!

Wie festgenagelt bleibt Hotte
am Frühstückstisch sitzen.
Er wäre lieber ein Stuhlkissen.
Dann brauchte er sich
nicht zu bewegen.

„Schnell, schnell“,
sagt Mama putzmunter.
„Sei nicht so eine Trantüte!“
Sie schiebt Hotte energisch
aus der Wohnungstür,
obwohl er noch kein bisschen
wach ist.
Mama ist eine Antreiberin!

Die Schule liegt
ganz in der Nähe.
Hotte muss nur
immer geradeaus gehen,
ungefähr dreihundert Meter weit.
Seine Füße
kennen den Weg auswendig.
Hotte schläft im Gehen weiter.

Der Schulhof ist schon leer.
Alle Lehrer und Kinder
sausen in ihre Klassen.
Hotte schleicht unauffällig
zu seinem Platz in der 1b.
Am liebsten wäre er gar nicht da.
Er will nichts sehen und hören.
Hotte ist noch sooo müde!

Frau Wurm, die Klassenlehrerin,
malt ein großes U an die Tafel.
Sie ist wie Mama:
putzmunter und sehr energisch.
„Welche Wörter fangen
mit diesem Buchstaben an?“,
fragt sie
und klatscht in die Hände.

Das bedeutet:
Achtung, aufgepasst! Es geht los!
Alle melden sich.
Allen fällt etwas ein:
„Ufo“, „U-Boot“, „Uli“, „Ute“,
„Umwelt“, „Uhu“ …
Hotte fällt nichts ein.
Er starrt nach vorne auf die Tafel.

Das U sieht hässlich aus.
Wie ein Ungeheuer!
Hotte mag diesen Buchstaben
überhaupt nicht.
Er gähnt
und reibt sich die Augen.
Aus weiter Ferne hört er
die vielen verschiedenen
U-Wörter:
„Udo“, „Uwe“,
„Urwald“,
„Unsinn“ …

Die Stimmen werden
immer leiser.
Frau Wurm und die Tafel
verschwimmen
zu winzigen Pünktchen
und verschwinden dann ganz.
Hotte schiebt seinen Daumen
in den Mund
und lässt es sich gut gehen.

Als neben ihm
etwas rumpelt und poltert,
hebt er widerwillig den Kopf.
Was er sieht, ist unglaublich.
Unglaublich
und sehr, sehr sonderbar.
Hotte wird in einer Sekunde
hellwach.

Jemand sitzt
auf dem Nachbartisch.

Jemand
mit dicken, klobigen Füßen,
jemand
mit runzliger, grauer Haut,
mit Wedelohren
und einer Rüsselnase.
Jemand
mit großen, hellblauen Augen,
die vergnügt funkeln!

„Allerbesten guten Morgen“,
sagt das seltsame Wesen
freundlich.
Es spricht durch die Nase!

„Wer bist du?“,
fragt Hotte gespannt.

„Ukus Urus Unzelfunzel!“

Hotte muss kichern.
Er hält sich die Nase zu
und wiederholt:
„Ukus Urus Unzelfunzel."

„Unzelfunzel genügt“,
sagt das seltsame Wesen
und krault Hotte
mit seiner Rüsselnase
im Nacken.
Genau an der richtigen Stelle!

„Du bist nett“, sagt Hotte.

„Du auch“, sagt Unzelfunzel.
„Nur morgens
bist du schrecklich.
Besonders montags.
Du bist ein nettes, kleines
Montagsungeheuer.“

Hotte zieht
eine Grimasse
und sagt:
„Bäääh!“

„Ein Wort mit U!",
sagt Unzelfunzel energisch
und klopft mit einem Fuß
auf den Tisch.

„Ungeheuer", kichert Hotte.
„Ukus Urus Ungeheuer!"

„Weiter",
sagt Unzelfunzel
streng.
„Du weißt
noch mehr."

Hotte hört auf zu kichern
und schüttelt den Kopf.
Nein, mehr weiß er nicht.
Morgens fällt ihm
doch nie etwas ein.

„Ugel“, sagt Unzelfunzel
und zwinkert Hotte
verschmitzt zu.

U-g-e-l?
Was soll das?
Hotte kennt dieses Wort.
Aber woher?
Er denkt nach …

Dann geht ihm ein Licht auf:
Ugel, das klingt doch wie –
wie Igel.
Ein Igel mit U heißt Ugel.
Ganz einfach!
Solche Wörter
kann Hotte auch erfinden.

Er hält sich die Nase zu
und trompetet los:
„Usel – Unte –
Utter – Uchse –
Udler – Ulefant …“
Erschrocken
hält er den Mund.

Jemand rüttelt und schüttelt ihn!
Jemand brüllt ihm
etwas ins Ohr.
Erschrocken reißt Hotte
die Augen auf
und – uiii – guckt Frau Wurm
ins Gesicht.

„Endlich“, sagt sie.
„Ich dachte schon,
wir müssen eine Sirene bestellen.“

Die Klasse kichert und lacht.

Hotte weiß genau,
was passiert ist.
Es gibt keinen Grund,
über ihn zu lachen.

„Du hast geschlafen",
sagt Frau Wurm.
„Du hast sogar geschnarcht!"

Alle kichern und lachen
ganz fürchterlich.

„Ich habe Wörter gesucht“,
sagt Hotte laut und energisch.
„Wenn ich nachdenke,
schnarche ich manchmal.“

Frau Wurm
legt ihren Kopf schief.
„Also gut“,
sagt sie dann.
„Ein Wort mit U?“

„Urdbeben“,
sagt Hotte.
„Urkan, Undianer.“

Alle hören auf zu lachen.
Keiner sagt etwas.

Auch Frau Wurm
ist für einen Moment sprachlos.
Dann sagt sie:
„Du hast
ein tolles Spiel erfunden, Hotte.
Das spielen wir jetzt
alle zusammen.“

Sie klatscht
einmal in die Hände
und strahlt
wie eine Geburtstagstorte.
Alle anderen
gucken Hotte an,
als hätten sie ihn
noch niemals gesehen.
Sie staunen!

Hotte freut sich
und murmelt ganz leise:
„Ukus Urus Unzelfunzel.“

Was diese Wörter bedeuten,
wird er keinem verraten!